Coisas de Tereza Cristina
Poemas e textos poéticos

Editora Appris Ltda.
1.ª Edição - Copyright© 2025 dos autores
Direitos de Edição Reservados à Editora Appris Ltda.

Nenhuma parte desta obra poderá ser utilizada indevidamente, sem estar de acordo com a Lei nº 9.610/98. Se incorreções forem encontradas, serão de exclusiva responsabilidade de seus organizadores. Foi realizado o Depósito Legal na Fundação Biblioteca Nacional, de acordo com as Leis nos 10.994, de 14/12/2004, e 12.192, de 14/01/2010.

Catalogação na Fonte
Elaborado por: Dayanne Leal Souza
Bibliotecária CRB 9/2162

R572c 2025	Rigo, Tereza Cristina Coisas de Tereza Cristina: poemas e textos poéticos / Tereza Cristina Rigo. – 1. ed. – Curitiba: Appris, 2025. 125 p. ; 21 cm. ISBN 978-65-250-7698-0 1. Amor. 2. Tempo. 3. Solidão. 4. Desertos. 5. Coragem. I. Rigo, Tereza Cristina. II. Título. CDD – B869.91

Appris editorial

Editora e Livraria Appris Ltda.
Av. Manoel Ribas, 2265 – Mercês
Curitiba/PR – CEP: 80810-002
Tel. (41) 3156 - 4731
www.editoraappris.com.br

Printed in Brazil
Impresso no Brasil

Tereza Cristina Rigo

Coisas de Tereza Cristina

Poemas e textos poéticos

Curitiba, PR
2025

FICHA TÉCNICA

EDITORIAL	Augusto V. de A. Coelho
	Sara C. de Andrade Coelho
COMITÊ EDITORIAL	Ana El Achkar (Universo/RJ)
	Andréa Barbosa Gouveia (UFPR)
	Jacques de Lima Ferreira (UNOESC)
	Marília Andrade Torales Campos (UFPR)
	Patrícia L. Torres (PUCPR)
	Roberta Ecleide Kelly (NEPE)
	Toni Reis (UP)
CONSULTORES	Luiz Carlos Oliveira
	Maria Tereza R. Pahl
	Marli C. de Andrade
SUPERVISORA EDITORIAL	Renata C. Lopes
PRODUÇÃO EDITORIAL	Daniela Nazario
REVISÃO	Simone Ceré
DIAGRAMAÇÃO	Amélia Lopes
CAPA	Kananda Ferreira
REVISÃC DE PROVA	Sabrina Costa

Dedico este livro à minha mãe,
que me ensinou desde muito cedo a importância das palavras.

E às minhas primas,
que me ensinaram a escrever desde a mais tenra infância.

SUMÁRIO

Paraty 11

Serenidade 15

Caixinhas de cristal 17

Rosas de crepom 18

Vento voo ventania 20

Descontinuidade 21

Chuva de verão 22

A tênue paz das florestas e das matas 23

O condor 25

Crepúsculo 26

Mãos 27

Vinte anos 29

Segredos 31

Ondas bordadas 32

Constelação de Orion 33

Só para aprender a amar 34

Arvoredos 35

Dia distraído 36

Lugar da paz 37

Porto seguro 39

Confissões 40

Da vida e do rio 42

Foto antiga 43

Os barulhos do silêncio 44

Outono qualquer 45

Bailarina 47

Poltrona azul 49

Cipreste 51

Era verão 53

Era uma vez um jardim 54

Uma foto 55

Os trens 56

Natureza 57

Saudades 58

Lustre antigo 60

O espelho e o tempo 61

O Amor 62

Atalho 63

Estranhamento 64

Os dois lados. Do mundo e das pessoas 65

Tempo obscuro 67

Metades 69

Paixão 71

Introspecção 75

Contei meus anos 76

Piazzolla 77

O tempo e o amor 78

Vento, trem, neblina 79

Na estação 80

Jequitibás 81

A minha Mãe 82

Desalento 83

A força das Artes 84

Amor forte 85

Dilema 86

Clamores 87

Janelas 88

Poeminha da letra M 89

Ah! As joaninhas! 90

Desolação 92

Rouxinol 95

Seria a Primavera? 96

Milênios 98

Pensamentos 99

Quereres 100

Meu tempo tornou-se escasso 101

O fio de ouro e a aranha de ouro 102

Terras estrangeiras 104

Ventania 106

Amor madurado 108

Verão de 88 109

A torre 111

Confissão de um poeta louco 112

Quintais da infância 114

Lua vermelha 117

O mar 118

Asas da esperança 119

E assim, contam e recontam a vida 121

Um lugar 122

A doce amargura da palavra Amor 123

Vingança 124

Paraty

I

Paraty / Paranós
Como foi profundo
Meu encantamento!
Aquela cidade mágica.
Feita de bolo de doce de leite
Os correntões, as casinhas pintadas
De arco-íris
Entrávamos no século XVIII
Definitivamente!

II

Não havia ruído de carros,
Ônibus ou motos.
Somente o trotar dos cavalos
O cantar de uma carroça velha
Brasil – Colônia! Lá vamos nós
Só com o peso de nossas mochilas cansadas

III

O chão era o chão dos escravos
Dava para ouvir o cantar dos negros
Revoadas rasantes dos pássaros,
Um arvoredo intacto esperava por eles
Subimos rodeados pelas casinhas coloridas

Tereza Cristina Rigo

No alto um antigo sobrado
Imponente, pois um dia foi branco e novo

IV

No final da subida, em frente aos arvoredos
Havia uma igreja
Cujo sino antigo começava a badalar
Uma brisa suave amenizava o calor
Naquele fim de tarde de verão
Nos acompanhava um suave encantamento
Cheiro de café fresco
E de flores.

V

Era a Ave-Maria
O sino badalava e Chopin finalizava a cena
O casarão antigo e pálido
Atrás de nós, com seus gerânios vermelhos nas sacadas
Era uma pousada nos convidando a entrar
Estávamos dentro de um sonho

VI

La repousaríamos nossos cansaços
E nossas velhas mochilas
Mais alguns degraus de uma escada escura
E o quarto com sua cama de duzentos anos
Cheirando a jasmim
Pequena para aquele homem alto

VII

Nenhuma importância!
Se tínhamos uma varanda de portas altas
Cercada por gerânios vermelhos
Em frente à igreja e ao arvoredo

VIII

Éramos jovens e lindos!
A pele bronzeada de outros sóis
Um amor forte, grande e alegre.
Até que a vida nos separasse

VIX

De repente o século XVIII
Fechou suas portas encantadas
E se foi

X

A vida com suas pequenas tragédias,
Com seus pequenos dramas cotidianos
Nos cobriu com seu manto lilás
Nunca mais fomos nós.

XI

Em que esquina você ficou?
Em que ruazinha torta da vida
Nós nos perdemos ?
Lembro-me de ficar quieta.
O coração quieto se desfazendo

Eu catando os cacos misturados às lágrimas
O sangue vermelho dos gerânios esmagados.

XII

Fim de um sonho invadido
De uma dor absurda
Do sol se pondo como metade de uma moeda
Congelei minhas lágrimas

Serenidade

Meus poemas, ou seriam crônicas,
falam das perdas que
fui tendo pela vida.

São pedaços meus que ficaram lá atrás
Só voltam em minha memória
quando me lembro deles

E choro
De saudade e de pena
Quantos pedaços por aí
Para somente eu saber deles

Fui a única pessoa que os viveu e sentiu

Não sou feliz
Nem sou infeliz
Apenas vou vivendo
Tenho muito medo de morrer
E também tenho muito medo de viver
Contraditório como tudo em mim
Tenho, como já disseram,
Uma melancolia tão doce que
Não se parece com a alegria comum
E sim uma melancolia doce mas
que lembra a própria melancolia mesma

O que quero para mim
É uma forma mais simples
Do que felicidade
O que quero para mim é a
Serenidade

Caixinhas de cristal

Altas torres enfileiradas
Torres enegrecidas
Notários pedaços do meu ser
Cicatrizes cristalizadas na alma

Laços escondidos revirados
Em caixinhas de cristal
Frágeis dolentes doentes
Lá no fundo mais fundo
De um ser incompleto

Velhos sonhos só sonhados
Velhas dores mal curadas
Sentimentos mal resolvidos

Assim recontam a vida

A sós comigo mesma
Reconhecimento de mim e do
Mundo que me assombra
Um mergulho em meus desertos
Minhas profundezas obscuras

La estão as caixinhas de cristal
E um fio de ouro
Que me deslumbram

Tereza Cristina Rigo

Rosas de crepom

Vida! O que é a vida,
Por que estamos aqui
De onde viemos
Para onde vamos
Desde sempre, desde os gregos

Certeza é que todos nós
Vamos embora um dia
Viemos sem nada
E sem nada partiremos

Quando conseguimos vencer
Que maravilha!
O caminho lembra um jardim de primavera.

Novos atalhos
Novas pedras, espinhos
Decepções, despedidas amargas, perdas,
Véus negros
Obstáculos incompreensíveis

Cada um com seus pedaços
O imprevisível, o destino
Rosas roxas pesadas
Rosas roxas de crepom

E não adianta chegar antes
do sol raiar
Ele sempre chegará
mesmo com luz enfraquecida
por nuvens negras
Mesmo que chova a cântaros,
Mesmo que neve,
Ele sempre chegará

Sempre vai se pôr
Como nós. Todos os dias de nossa vida
Até não ter mais sol.
Até não ter mais nós.

Tereza Cristina Rigo

Vento voo ventania

Vento que lembra voo,
Que lembra viagem,
Que lembra liberdade,
Que lembra partida.

Trem que lembra viagem,
Que lembra terra,
Que lembra chegada.

Neblina que lembra mistério
Que lembra vida,
Que lembra caminho

Partidas e chegadas
No meio a vida
O caminho não caminhado.

O incógnito o incerto
O destino
A neblina
A densidade
O indevassável

Descontinuidade

Somos tão sós....
Diferentes sem dos outros
Seres descontínuos
Procurando no outro
A quimera da nossa continuidade
Supondo onde deve morar a felicidade
Por isso é perigoso a gente
Ser plenamente feliz
Mesmo porque procuro tempo
Ou um bom tempo
Cedo ou tarde
Ela nos faltará
Somos mutáveis
Está no outro
Não em você
Quantas pontes atravessamos
Para ligarmos nosso ser vivo nunca pleno
A outro ser que nos dará
A continuidade
A perda dela nos causa
Absurda dor
A separação, o romper desse elo
Que era nossa continuidade
De ser total, integral
Nos atira para o fundo
Da solidão

Tereza Cristina Rigo

Chuva de verão

Depois da chuva
Brisa fresca
Abre-se no ar
Agora lavado, leve, puro
Tao transparente
Que se pode ver
Ao longe longínquo
Onde caminham os
Caminhos

A tênue paz das florestas e das matas

Lugar onde moram as árvores, plantas,
animais, insetos, rios e peixes
Lugar de difícil acesso, quase inexpugnável
Seu silêncio é despertado apenas por
Barulhos simpáticos dos insetos e pássaros ou
Rosnar das onças

O caminhar dos bichos sobre folhas secas
O voo dos pássaros, o chilrear dos passarinhos
E seus lindos cantos
O murmurar suave das nascentes e riachos.

Gritos só dos macacos pulando de galho em galho
A delicadeza das abelhas e borboletas
Pousando nas flores.

Centenas de diferentes árvores
Todos os tons de verde, amarelo, roxo, vermelho
Ipês frondosos, carregados de flores
As folhas todas cantam quando chove e
Quando venta.
Algumas árvores se sobressaem pela espessura
De seus troncos e altura de seus galhos
Buscando o céu e o sol.
Uma delas de setenta metros de altura

Lá vem o homem destruindo tudo
Para uma guerra desigual e infame
Com ele a destruição, a crueldade,
a covardia, a desordem, as pestes e a morte

A rainha cai imponente e em pé
Com ela uma gama de pequenas vidas.
Dependentes dela para viver
Numa queda rápida. Destrói-se
O que a natureza levou duzentos anos
Para formar.

Em nós um misto de raiva, pena, dor de
Nossa impotência.

Lembrei-me de Machado de Assis – Dom Casmurro

"Não tive filhos, a ninguém deixarei o legado de nossa miséria."

O condor

Com a envergadura dessas asas
Poderia ter sonhado todos os
sonhos bons do mundo.

Sonhos sonhados e nunca vividos

Essas asas agasalhariam
Toda a ideia grandiosa da palavra
Liberdade!
Que me habitava com as forças de juventude

Eu, meus sonhos e meus vinte anos
O doce pássaro da juventude.

Crepúsculo

A hora do crepúsculo
E a hora perfeita que se cala
Cala o murmurar das gentes
E dentro de nós finalmente fala
A voz grave dos sonhos

É a hora em que as rosas
São rosas
Que floriram no deserto de nós mesmos
Quando ouvimos nossos
Murmúrios interiores
Que não se calam mais

É a hora das vozes misteriosas
Que todos os desejos
Preferiram calar
É a hora da estrela
Que estreia a Noite.

Mãos

Extremidades que falam sem voz
Mãos que oram
Mãos que se erguem aos céus

Mãos que suplicam e choram
Mãos que agradecem e com a mesma emoção choram

Mãos que plantam
Mãos que colhem
Mãos que matam a fome

Mãos que salvam
Mãos que curam
Mãos que abençoam

Mãos que matam
Mãos arrependidas
Mãos que perdoam

Mãos que acariciam
Mãos que apertam
Mãos que nas multidões
Apontam para o ser amado

Mãos que buscam e se encontram
Ou se desencontram pela vida

Tereza Cristina Rigo

Mãos divinas que recolhem e acodem
Mãos santas que repartem o pão
Mãos da divindade maravilhas
Que multiplicam os peixes, os pães e o vinho.

Vinte anos

Ainda ontem eu tinha
Vinte anos
Acariciava o tempo
E brincava com a vida
Como um brinquedo de amor
Sem perceber que só tinha
Vinte anos

Aquele mundo imitava o infinito
Mas o tempo era brisa
Escorria célere, água de rio

Quintal repleto de frutas
Roseiral em flor
Cheiro de frutas maduras e frescas
Perfume de flores se abrindo

Quando eu me for, outros
Passarão pelo mesmo quintal
E desfrutarão das mesmas delícias

Bonecas quebradas

Primeiro amor tímido
Amigos partindo para o nunca mais
Busco em mim risos fáceis, gargalhadas

Tereza Cristina Rigo

O ar limpo, céu de um azul
Muito mais que azul

Noite com muito mais estrelas
A nortear os navegantes

Sonhos de menina
Bonecas quebradas
Antigo ruído da juventude
O menino da bicicleta

Segredos

Ô bailarina breve
Por não seres perfeita
Baila na doçura
E na amargura
Na febre de teus segredos
A lua toca teu vestido bordado
E o deixa ainda mais alvo
E os arvoredos que te cercam
Mais escuros.

Tereza Cristina Rigo

Ondas bordadas

O mar com seu azul
Imitando o céu
Verde fingido e misturado
Carrega as chaves de seres
Segredos
Na espuma bordada de branco
De suas ondas
Lá moram entidades de luz
E maravilhas
Que tudo abençoavam
Com suas vestes cintilantes

Constelação de Orion

Orion
É de onde eu vim
Para aprender a amar

Atravessei galáxias
Luminosidades extremas
Os mais terríveis breus
Os buracos negros
Na velocidade da luz
Vim para aprender a amar

Caminhei descalça sobre caos
Vidros e charcos
Caminhei sobre o fogo e
O gelo ensanguentado

Subi montanhas e abismos,
Desertos e pântanos
E pedia aos deuses forças para
Os meus pés cansados

Caminhei sobre a terra dura, seca, negra
Por espinhos, caminhos miúdos e estreitos

Tereza Cristina Rigo

Só para aprender a amar

Finalmente andei pelas tuas
Ruas, calçadas e teu pátio

Rosas de cetim vermelho
Lírios e orquídeas de seda branca
Outras flores panos duros
Aprendi a amar

Mas teu jardim era
uma estranha farsa
Tu eras de mentira

Conheci o peso da traição
E do desamor
O vazio infindo da solidão
O desespero dos amores febris

Já não havia mais
Caminhos para voltar
Apenas noites brancas
Lágrimas grossas
Sal do mar

E no peito um coração vermelho
A pulsar, a pulsar, a pulsar...

Arvoredos

Sou uma e sou várias
Posso ver um arvoredo
Enxergá-lo cheio de flores
Muitas cores e perfumes
Ainda que não tenha chegado
A primavera

Ou são árvores negras
Que falam aos meus ouvidos
Folhas secas que não dormem,
Que até os ventos rejeitam

Solidão feita de longos adeuses
Adeus daquilo que não volta

Que adeus é este que me despe
E me escancara em vão
Solidão que implora
Onde não há nem eco
As árvores negras soturnas, imponentes
Indiferentes.
Rios secos, bichos mortos.
Areia, areia, areia.

Tereza Cristina Rigo

Dia distraído

Todas as vezes
Todos os gestos tolos
Gritos e gemidos
Que o vento consumia
Em imagem exaltada
Pelo sol

Mas vinha a brisa fresca,
Amena, de chuvas distantes
O sol nem queimava mais

Não importava ao dia
Se era bom para se viver
Ou para se morrer

Lugar da paz

Fico pensando no tempo
Que passa tão depressa
No tempo comprido em que
Jamais voltamos a nos ver

Quisera guardar-te em mim
Não como sentimento, mas como
presença
Agasalhar-nos íamos um no outro
até a vida acabar

Quisera dizer-te para entrar
Nesta casa que sou eu
e fazer dela um lar

Deveria reconstruir esta casa
Ancestral onde tu habitarias
neste lugar onde eu me
escondo

nos meus silêncios
nos meus esconderijos
encontrarias a paz, o alívio
de tantas lutas que é o viver

bálsamos para tuas dores e
teus nervos expostos

Tereza Cristina Rigo

tu descansarias no refúgio
para sonhar sem dormir

Flutuarias em nuvens brancas, macias
Em redes brancas de seda branca
Só tu poderias acender
Minhas luzes interiores
Há tanto tempo
Frias, apagadas

Meus arvoredos negros
Voltariam a brilhar como depois
Das chuvas de verão.
Só nos dois ouviríamos
O balançar das folhas
Ao vento calmo e refrescante
Da noite

Venha descansar em mim!
Para que eu possa enfim
Também descansar

Porto seguro

Entre pela porta adentro
Faça de mim teu aconchego
Tua paz teu sossego
Talvez meu coração se esqueça
Do peso de tua ausência
Do peso de teu desamor
Do peso de teu silêncio
Perca o céu, perca o chão
E fique menor
Como um dia eu fiquei
Tua palavra me fará companhia
Talvez eu me esqueça
Da dor que teu adeus me causou
Meu coração poderá ser
Novamente
O lugar onde descansarás
Tua alma
Faça de meu corpo
Teu porto seguro.

Tereza Cristina Rigo

Confissões

Poeta louco
Suicidar-se-ia
Se morresse dentro de si
O sentimento de amor
Que o habitava.
Martirizava-o o eterno furor
De suas vísceras,
Mas sem ele não suportaria
O vazio e a falta desse companheiro sempre presente, com o qual morava há milênios
Embora corrosivamente o devorasse com o veneno de suas poções mágicas,
Sempre estava presente nos fundões e desvãos de sua alma acostumada.
O Amor era seu confessor amigo e companheiro
Dava-lhe sentido à Vida.
Seus olhos tremulando de água quente só de pensar em despedir-se dele.
Sem ele era correr por caminhos de obscuros nevoeiros, de véus de tales negros e sombras distorcidas.
Que faria sem essa dor acostumada, tatuada há tempos em seu peito de Arcanjo sem céu?
Como um vício de seu coração sofrido, mas povoado.
Há quem morra de amor.
Mas há também quem morra sem o amor que apenas se sente desgarrado da alma.
De sua presença diária que todos os dias lhe traz um prato de lembranças e saudades, que se devora avidamente

A solidão fica menos pesada, quase confortável

Como dizia Nietzsche em seus raros **insights**: "...quem dera que minha Lucidez caminhasse sempre ao lado de minha Loucura".

Tereza Cristina Rigo

Da vida e do rio

Os dias passam velozes
Num raio seco sem chuva
Sem fúnebre aviso
A morte chega
A vida é vida breve egoísta fatal.
A cada instante morremos um pouco.
Os dias misteriosos caminhos
Escorrem, deslizam, enganam
Suicidam-se numa pétala que se atira num abismo sem fundo, profundo
Saboreando o vento.
O tempo tem passos largos
Elegantes passos
Não foge dos caminhos, não retorna ao caminho
Caminhado.
Rio e vida. Águas que jamais voltarão
Entrarão no mar e oceanos.
Não se repetem.
O tempo que temos é apenas o presente
Ontem é vida que se foi
Amanhã não nos pertence.
Um dia desaguaremos
Na Eternidade.

Foto antiga

Foto antiga já amarelando a vida que ela retrata
Ausência que povoa terra e céu
E cobre de silêncio o mundo inteiro
Onde deixei de estar viva
Em procura de um rosto que era meu
Meu rosto secreto ancião e verdadeiro
Agora papel.
Longa estrada de lutas fugitivas
Ora vencidas, ora perdidas, mas vividas ao largo.
Num pedaço pálido de papel.
Opinião alheia, nada importa.
Conta a memória do tempo
E seus passos interiores
Num emaranhado de lembranças plenas de saudade
Rasos pudores
Risos e lágrimas honestamente sofridos
Neste caminhar de pó e vento,
De chão duro terra, de nuvem branca céu
Os pés cansados da areia de meus desertos
As águas mornas do riacho
Oceanos loucos e caminhos que chamam Vida.
Passam a galope momentos de prazer
Lentamente se demoram nos lutos tédio e solidão.
Aquele toque de seus dedos nos meus, sorrateiramente... arrepio
Não está no retrato

Os barulhos do silêncio

Seis e meia da tarde de verão
O elevador para
Ninguém desce
Chave abrindo a porta
Ninguém entra
Garrafa despejando vinho
Ninguém bebe
Chuveiro funcionando
Nenhum banho
Ruídos decorados na memória
Lembranças petrificadas pelo tempo
São barulhos que a Solidão
E a Saudade trazem amarrados.
São barulhos do Silêncio.

Outono qualquer

Recordo-me de ti num
Outono qualquer.
Eras esguio e o coração sereno
Nos teus olhos as parcas chamas de um crepúsculo agonizante tingindo as folhas que caíam
Nas águas de teus olhos.
O vento recolhia as folhas
De teus passos decididos, com calma
Doce rosa azul sobre meus
Cabelos.
Teus olhos viajavam para
Outros outonos distantes
A voz de um último pássaro
Desperta teu coração contemplativo.
Se pudesse pediria teus lábios e os levaria para longínquas distâncias no
Fim de um arco-íris
Mal pintado.
As imagens etéreas são
Luzes na neblina
Perdendo-se na fumaça
De um lago frio.
Ardentes só teus lábios
Joias raras que guardarei para além dos passos do tempo.
Para lá dos teus olhos amarelos
Morriam os crepúsculos.
Folhas alaranjadas

Desse outono abandonado
Teimavam a girar
No teu coração de menino.

Bailarina

Seu calvário é sua dança

Dança melhor quando se lembra das gaivotas, grandes lenços brancos cercando barcos pesqueiros

Barcos que voltam do mar revolto.

As gaivotas lenços brancos, gritam se agitam

De desespero ou alegria,

Revoam e cantam seus cantos esganiçados, barulhentos bandos.

O murmúrio do mar

O praguejar dos pescadores que bebem, riem, alimentam as gaivotas

São felizes e livres.

Já a bailarina só tem

Sua dança sem graça com seus falsos voos

Quisera voar

Pássaros que mergulham

E praguejar com os pescadores

A bailarina não tem o mar

O cheiro o vento do mar

Não tem os amores dos pescadores

A bailarina não tem o sol

O azul mais azul do céu

Não tem as ondas que se quebram nos rochedos

Ou que se espraiam nas areias.

O verde fingido do mar.

Tem suas velhas sapatilhas

Que um dia foram rosas,

O arremedo de voo

A luz artificial diáfana

Tereza Cristina Rigo

As músicas mornas sempre as mesmas.
O público indiferente distante que mal aplaude
Ela não tem amigos, não tem amores nem pragas.
A vida da bailarina é pequena triste como navios que afundam
Sai para a chuva com seu tédio
Chave embaixo do vaso de flor e de dor
Dentro do quarto e de seu coração esguio acontece
Um temporal de Mágoas!

Poltrona azul

No quarto há uma poltrona azul
Já meio velha ou só velha.
Nela eu me sento todas as madrugadas.
Ela guarda meus interiores
Segredos e memórias
Todo o meu silêncio.
O passado vem num **voile** branco esvoaçante, todo bordado com agulhas finas fatais
Ou numa pequena caixa de cristal
Prestes a rasgar ou a quebrar.
Vem com a lembrança de um grande amor perdido
Que um dia habitou minha vida.
Existia como uma roseira morta,
Regada, teimosamente todos os dias.
De repente, só silêncio e pó.
Vivia nas palavras proferidas
Numa minha incansável narrativa.
Existia de tanto se falar dele
Como se fala dos mortos.
Quando falo de amor
Falo de um amor morto
Como morrem as palavras inúteis
Todo o pranto cujas lágrimas grossas
Não salvam mais.
Tua face tem agora um brilho fosco opaco
Na escuridão falsa de um porão.
Às vezes procuro por ti em vão.

Tereza Cristina Rigo

Tu e o Amor que te tinha
Não existem mais.
Tua face outrora cintilante
Parece mais um retrato esquecido.
O amor mora agora num presente de silêncio
O passado o tempo devorou.
Os barcos da morte que navegam lentamente
Há muito o levaram.
Vieram para buscar o amor morto.
Além da memória obstinada.
Subo as escadas do tempo
Vejo no quarto a mesma poltrona azul
Que tantas vezes secou minhas lágrimas.
Lá está ela impassível

Cipreste

O relógio do jardim da praça batia duas horas
Meu coração pulava de medo
Naquela madrugada sombria.
Nem a lua apareceu
E o barulho fúnebre dos
Altos ciprestes que choravam
Quando o vento quente os
tocava com força
Vim só para ver tua janela
Vigiar teu sono,
Mas a praça parecia um sem fim e o jardim uma vastidão
O grito da coruja na torre da igreja.
A terra negra dos canteiros
Onde estavam sepultados
Meus sonhos de paixão.
Somente a paixão é que se
Encosta à Loucura.
Impulso louco, magia para
Acordar teu inquieto sono.
A noite continuou solitária, distante, indiferente.
Continuou o pranto amargo
Das árvores de cemitério
Minha ânsia carregada de impossível
Inatingíveis segredos
Só o vento passou
Pesado e quente

Todo o jardim cantou
A água tremeu em
Círculos descontínuos dentro e fora uns dos outros
Vários.

Era verão

Naquele tempo verão era verão. Fazia um calor danado, depois chovia forte. O tempo ficava limpo, refrescava e o azul do céu era ainda mais lindo com bandos de nuvens matizadas, ora avermelhadas, amareladas, quando o sol começava a se pôr. Os pássaros loucos, gritavam por seus ninhos sentindo a brisa suave que parecia vir com eles. O relógio e o sino batendo na praça. A cidade era pequena e todos se conheciam, e se cumprimentavam pelas ruas. Não havia luxo e todo mundo era igual.

Quanta saudade sinto de tudo isso. Você vinha à tardinha de seu antigo endereço para o meu também antigo endereço. Exatamente três quarteirões um do outro. Você tinha um jeito de andar muito bonito e eu só esperando com o coração pulando cheio de sonhos e esperas. Acho que era felicidade... faz tanto tempo...

Pegava minha mão como se ela fosse escapar, e saíamos para passear pela nossa pequena, grande cidade para rever os amigos. Éramos jovens, saudáveis e lindos.

Aquilo não podia acabar, seria uma grande maldade.

Quanto eu te amava quando de repente você parava e me olhava longamente, compridamente com seus olhos infantis. Não dizíamos nada. Era apenas o seu jeito de dizer que me amava. Eu devia ter lhe dito pra você fazer de mim a sua casa, o canto que iria morar para sempre.

Então, tantos anos juntos, mas de repente você partiu e eu morri por dentro.

Voltei para a nossa cidadezinha, que já não é mais tão "zinha" assim.... voltei para que um dia eu acabe de morrer aqui.

Nunca mais nos vimos. Nunca mais e nunca é um tempo esticado demais.

Tereza Cristina Rigo

Era uma vez um jardim...

Chegávamos cedo; antes do Sol se pôr completamente.
Ainda posso ver na memória seus últimos pequenos raios enfeitando ainda mais aquele lugar já tão enfeitado.
Chegávamos surpreendendo a Lua Gigante, toda vestida de alaranjado, quase vermelho.
Ela vinha subindo amarela, brilhante e lenta.
As estrelas despencavam aos montes, no azul escuro do céu.
Eis a Lua alta branca em todo seu esplendor clareando com força o lugar mágico, cheio de pontinhos de luzinhas envergonhadas.
Era Verão e uma brisa fresca amenizada o calor.
Altas árvores se espalhavam pelos canteiros.
Quando ventava, as árvores e as palmeiras lembravam grandes leques altos.
Flores de todos os tamanhos e cheiros bons... Elas cercavam a maior de todo o lugar:
Uma imensidão de rosas.
Rosas de todas as cores e tons, todo perfume das rosas, da terra, do chão fofo... cheiro de mato.
Príncipes negros, mais negros que Príncipes,
Altivos, aveludados e orgulhosos no seu reino:
Um roseiral em flor!!!
Era uma vez um jardim que acabou em praça pobre, mal acabada e feia.
Sem graça, sem beleza, sem cheiro bom, sem alegria, sem namorados, sem beijos nem abraços.
Pobre pracinha sem gente. Sem AMOR.
Assim, acabou a história de um jardim, sem "Foram felizes para sempre".

Uma foto

Essa foto mexe demais comigo.
Lembro-me de mim mesma.
Queria voar como o grande pássaro.
Voar para a amplidão da Liberdade.
Livre! Livre como ele
Com a saia rodada feito asas que plainam no ar...
A grande ave parece convidar
— Venha! Venha voar comigo.
— Venha em busca de teus sonhos!
— Venha, Coração de estudante!
— Venha, alma de poeta!
Hoje olho esta foto com profunda saudade.
Saudade de mim, da amplidão sonhada, e do voo que não voei.
Pena! De mim que não me levei?! Da poetisa muda, que toda vida só fiz calar?
Hoje vivo só; numa cadeira. Que ironia!
Em frente uma escrivaninha e livros.
Livros que fazem voar os sonhos sonhados sem vivê-los.
Hoje o que voa em mim
ou de mim são as palavras que aprenderam
a Voar.

Tereza Cristina Rigo

Os trens

A vida tem o ritmo de um trem antigo. O barulho, o apito, e a fumaça.
Minha vida tem o ritmo desse trem.
As plataformas são os espaços das saudades e das alegrias. As lágrimas dos que partem e dos que chegam.
Uns partem para nunca mais, mas permanecem para sempre no coração de quem fica.
Outros chegam depois de longa saudade. Chega o dia de novamente partirem.
Para uns fica o contentamento da chegada; o contentamento dos abraços.
Para outros a angústia das partidas também no desvencilhar-se de outros abraços.
Nas plataformas sempre; abraços e lágrimas. De alegria ou de desconsolo.
E o trem sempre segue seu rumo como a Vida.
Há as delícias dos apaixonados e a ausência da viuvez. Os lenços que voam e os lenços molhados.
Nas plataformas sempre o mesmo ritual.
Nos percursos há os que entram trazendo alegrias, mas também descem em suas estações. Pouco importa ao trem se você aprendeu a amá-los ou não.
A Vida é assim. Um constante ir e vir.
Há os que vêm trazendo sabedoria e paz.
Outros só a maldade na bagagem.
Há os que vêm pra ficar, outros vão pra nunca mais.
Uns deixam muito de si, trazem bagagem farta, longa é a viagem; outros só a valise de mão.
Nós desceremos no nosso destino. A passagem é comprada antes.
Outros ficarão onde
Dormitam os trens.

Natureza

Parece um manto de pedrarias que não sabe se fica lilás, rosa ou roxo.
É a Natureza, num pôr de sol, brincando, enfeitando-se, num passe de magia e de sedução.
Pelo simples direito de existir até o fim dos tempos.
Dançar para os que a querem sempre bela em sua majestade intocável.
Com suas florestas e bichos, todos os animais e todas as flores.
Seus mares, peixes e rios, suas fontes de águas transparentes. Livres como os pássaros que a habitam.
Quando se zanga mostra
seus raios e trovões nas ventanias e enchentes que os acompanham.
Nas lavas dos vulcões, nas bravezas dos mares,
nas nevascas, nas forças das estrelas, no calor tórrido de sol escaldante.
Nisso estão as mãos sujas do Homem, bicho asqueroso e vil. "No sentido mesquinho e infame da vileza" [Fernando Pessoa]
Aí você, Natureza, desarruma tudo, inverte estações, cria as pestes, mostra as imundícies dos homens, sua violência e suas guerras.
Até quando você aguentará que manchem o azul de seu céu, que apodreçam o seu ar puro, que cortem suas matas, que matem seus peixes em águas tóxicas e transformem seus mares num imenso lixão.
E aí. Que ouro ou madeira poderá lhe comprar.
Se é que até lá alguma coisa irá sobreviver...

Tereza Cristina Rigo

Saudades

Estou pensando nas saudades da minha vida
Saudade da minha infância.
Saudade de minha adolescência.
Saudade do primeiro amor, do primeiro baile, do primeiro beijo.
Saudade do menino de bicicleta, quando quase não havia carros pela rua.
Saudade de uma janela, das amiguinhas empoeiradas nas janelas para ver e se sentir no mundo.
Saudade de nossos pudores e de nossa inocência.
Saudade do menino de bicicleta que passava não na rua, mas no meu coração descuidado e agitado.
Saudade das cadeiras na calçada nos finzinhos das Tardes de verão.
Saudade do tempo em que ninguém tinha morrido e das risadas largas e fáceis de gente humilde e amorosa que não almejava nada da vida além da amizade daquela família povoada de gente.
Saudade de uma cidadezinha onde todos se cumprimentavam pelas ruas, muitas vezes em italiano.
As cadeiras não tinham hora para chegar, mas tinham hora para entrar.
Íamos dormir. Limpinhos, saciados e felizes.
Às vezes me pergunto: quando acabou tudo isso?
As cadeiras foram ficando vazias e a cidade inchando de gente desconhecida.
Ninguém tinha morrido ou ido embora para outros lugares.
Ninguém existe mais. Aquela cidade não existe mais.
Eu sozinha, estranhando "O novo". Eu, minha Saudade e minha solidão.
Como um fósforo frio.

"Se um dia morre adoentado; sabemos que vai morrer em nossa alma, levando seu melhor pedaço. Os sonhos de um amor madurado pelo tempo. E em seu lugar deixa um imenso vazio intransferível."

Tereza Cristina Rigo

Lustre antigo

No lustre da velha casa
Havia uma aranhinha
Não adiantava limpar,
Ela voltava, ou era uma irmã dela que voltava
À noite ela enrolava um fio.
O fio da noite
O fio da lua.
De dia ela enrolava o fio da infância e da adolescência.
Daí tecia o fio das lembranças, da saudade e dos vultos.
Bem devagarinho.
Passam as crianças, as procissões, as cadeiras na calçada...
As cantigas do vendedor de frutas e de flores; à tardinha
passava o Genésio com sua cesta limpíssima de pasteizinhos frescos,
e o menino dos pirulitos.
Passava o bêbado Estopacio com suas barbas e sacolas, imundas.
Ninguém ligava.
Só minha mãe, quando se zangava, dizia que o Estopacio levaria
a gente na sacola dele.
Na base do terror, pois ninguém sabia de traumas.
Daí a rainha tecia a adolescência.
Passavam meninas e garotos com suas bicicletas.
Passavam o cinema, o jardim e o pipoqueiro Tunim
Passava o fio mais encorpado da saudade.
As amigas íntimas, o primeiro amor, o primeiro beijo...
Passa agora o vaso de flor e de dor
A rainha tece agora um fio engrossado pelo tempo,
Com uma Pena tão grande!
Bom seria se alguém a desenrolasse.

O espelho e o tempo

Detesto mudanças.
A vida é cheia delas.
Mudamos tanto, e muito, até não percebermos mais
Que estamos mudando a cada instante.
Mas os meus versos são escritos no viés da tessitura das palavras. Talvez assim
não mudem a ponto de não reconhecê-los.
Como meu rosto
Que quando me olho no espelho, não me vejo mais.
Já não me reconheço.

O Amor

O Amor é uma chama ardendo no coração.

Vem não se sabe de onde queimando pelas beiradas.

Se um dia morre adoentado, sabemos que vai morrer em nossa alma, levando seu melhor pedaço. Os sonhos de um amor madurado pelo tempo. E em seu lugar deixa um imenso vazio intransferível.

Atalho

Há uma serenidade consciente da minha força interior.
Porque lutou contra os inimigos dos meus sonhos.
E eram tantos... até dentro de mim mesma.
As derrotas não me fizeram desistir; ao contrário.
A vida bateu ainda mais forte quando todos se foram.
Mas as mãos têm raça e nobreza; o sorriso ora meigo, ora irônico...
Mas conheço a bondade que habita meu coração sensível.
Devo ter vivido dez vidas numa só vida.
Há muitos sonhos mortos, como minhas violetas esmagadas...
Há um só atalho para uma felicidade breve.
Seu nome é Serenidade.

Estranhamento

Houve um grande barulho interior.
Seco, forte, como uma bomba. Depois o silêncio.

Os dois lados. Do mundo e das pessoas

Tenho dentro de mim dois lados que se opõem:
Um é escuro como breu.
Não sabia que estava lá.
Foi pinçado.
É o lado da Morte.
Lado sombrio
Minha profunda Impaciência com a burrice alheia.
A minha apanha e se aquieta.
Mas a dos Outros toma forma gigantesca, principalmente quando o Outro não sabe disso e a desfila por aí dando "conselhos de autoajuda".
Então sobe em mim um ódio assassino.
E eu FINJO, mesmo porque a vontade é de estrangular a criatura.
O outro lado é clarinho
Sinto um amor grande;
Enorme, pela Bondade.
Busco um coração de bondade.
Gosto de gente Boa.
Gosto da bondade.
Sangue bom correndo nas veias, brotando no olhar limpo e puro.
Olhar meigo de gente boa. Que se dá de graça sem nada pedir em troca.
Espontaneamente bom.
Acalanto, Aconchego.
Útero de mãe.
Olhar meigo, voz doce
Suavidade de água escorrendo de um córrego.

Tereza Cristina Rigo

Abraços largos, fartos, quentes.
Cheios de misericórdia e de compaixão.
Toques gentis, que curam
Saudades e dores.
Palavras simples com voz mansa.
Tranquilidade de lagos
Secam as lágrimas, acariciam os cabelos.
Sorrisos que dizem que a paz existe e está pertinho.
Tranquilidade e gentileza
Caminhando lado a lado.
Gente que se parece com flores.
São o pouso dos pássaros,
A delicadeza do pouso das abelhas colhendo os pólens.
As abelhas fazendo o mel para a chegada da Primavera.
Os primeiros raios de sol
O primeiro azul do céu azul.
São anjos de luz escondendo suas grandes asas com esmero e pudores.
A Bondade está nas coisas mais simples das pequenas coisas simples.

Tempo obscuro

Noite escura de breu
Que também é Noite branca pois não se dorme.
Noite de gemidos e de
Vozes caladas de medos.
Batem à porta
Não atendam!
É o Tempo.
Tempo que nos busca,
Que nos faz desvalidos e
Impuros
Tempo que quer nos levar
De nós mesmos.
É o tempo
Que bate na porta
Como o mar batendo nos rochedos com estalos de
Ondas bravas.
Tempo que quer nos levar
Para o Desconhecido
Tempo que se devora a si próprio
Como monstros que de tudo se alimentam
Tempo varrendo e uivando
Como chicotes,
E lobos famintos e solitários
Quando ele se for
E o Sol chegar
Abram as janelas e as portas, para a luz entrar
E com ela, todas as flores, todas as cores e todos os perfumes.
E toda as borboletas.

... E um dia você percebe que as amigas estão indo embora. Que o vento não é o mesmo que o da infância. Que nos emocionamos com outras coisas, onde a lágrima vira olhar. Que os amores morrem, que os invernos pesam mais que as primaveras. Que sempre voltamos ao ninho, e que as palavras perdem um pouco de irreverência. Que há abraços que curam, e distâncias que quebram. Que as feridas raramente fecham, e que a chuva também encanta. Que a nossa história tem outro lado, aquele que não olhamos. Que as pessoas morrem, mas não percebemos até acontecer. Que o tempo passa e não volta, que viajar faz parte do caminho. Que sua melhor música sempre será a mesma porque ambas se escolheram. Que existem erros que salvam, porque nós aprendemos. Que nunca mais seremos crianças, e que sonhar não é proibido.

E um dia você percebe que não está ficando velha, está mais viva do que antes.

Metades

Tenho em mim quase todas as metades.
Da vida menos da metade.
Da beleza, menos ainda.
Da juventude, ah! Da juventude quase nada.
Metade da saúde
Metade da locomoção
Metade da força
Metade do ar que se respira
Nada mais do desejo
Metade da foto
Metade dos cabelos
Metade da visão
Metade da audição
Metades.
Mas há muito mais da metade de sabedoria da Vida
Muito, muito mais do Amor
às coisas do mundo
Muito mais do Amor
Amor maior a Tudo e Todos
Às cores, às flores, às árvores, à água, aos rios, pedras e calçadas, mares terra e oceanos.
À dor das pessoas, das lágrimas alheias, das solidões, profundezas e desertos. Saudades dos tempos, das pessoas que partiram, das casas antigas, seus risos e fantasmas, seus vultos e segredos.
Amor às Artes, aos desvalidos desse mundo.
Pois tudo gira, tudo gera.

Tudo é todos de uma infinita e misteriosa criação, um divino ato explosivo e atômico. Muito mais maior de grande.

Só o Amor cresce

Paixão

Como eu te amei!
Ninguém jamais poderia
Imaginar.
Meu sangue corria em tuas veias
Ou era nas minhas veias que teu sangue se perdia.
O mar era só nosso
Só nossas as areias
Corpos quentes pelo sol.
Da minha boca nem me lembro; estava dentro da tua.
O peso do teu corpo
Que as ondas ensaboavam
Calma e lentamente.
A felicidade que doía
Teu sabor de sal
Teu cheiro de carne nova
Risos da juventude
Pão fresco da madrugada
Tuas mãos brancas e finas
Acariciando meus cabelos
escuros e longos
Andorinhas, lenços brancos
Espiavam ao longe
Aquele amor, aquela paixão.
Teu corpo sobre o meu,
Eu: o teu balanço
Tua rede
Nossos cansaços depois.
Os outros...
Que outros?

... Esta frase tem muito a ver com amor próprio e determinação. Meu objetivo nesta vida é a Serenidade. Simplesmente gosto da paz e da bondade. Gosto de gente boa, coração leve, textura de plumas, de **voile** das cortinas quando bate o vento e elas voam como pássaros em bandos de festa. Quero para mim a inocência dos animais.

Coisas de Tereza Cristina: poemas e textos poéticos

... Ultimamente dei pra admirar janelas. É a janela o jeito da casa estar no mundo. Elas espiam, mexericam, sabem da vida alheia, namoram, deixam a luz do sol entrar, contam as estrelas, sonham e choram com os raios da lua e esperam amores que ainda não vieram e os que já se foram com distantes adeuses. Janelas abertas que deixam o ar entrar com todos os seus odores e o perfume das flores e da terra molhada. Quando fechadas, protegem dos ventos bravos e frios. As janelas são livres e voam como pássaros e cantam com eles. Ficam alegres porque veem a banda passar. A banda, o tempo e a Vida. E a casa vira o mundo.

Quem me dera ser a luz e as cores que mergulham nos teus olhos claros.

Quem me dera ser o ar que respiras, fazendo teu coração bater mais forte por mim.

Quem me dera ser o sangue que te percorre as veias de teu corpo forte, dando-te a vida por inteiro.

Quem me dera ser tuas lembranças e teus sonhos que povoam tua alma fina.

Quem me dera ser a música e teu amor sereno quando repousas teu corpo cansado.

Quem me dera ser a quietude que te invade o ser que te faz sonhar sem dormir

Eu seria teu descanso, teu lar, tua casa, teu aconchego e tua paz.

Introspecção

Quando olho para uma foto como esta, penso em minha vida e o tanto que já caminhei. Quantas lutas vividas. Ora vencidas, ora derrotadas, mas intensamente vividas. Quantos sonhos apenas sonhados nunca realizados. E a memória de tempos vividos num emaranhado de lembranças longínquas plenas de saudades e de pudores. Risos e lágrimas e a constante pergunta: e agora, onde estão os meus vinte anos e todas as pessoas que amei nesse caminhar de terra e vento, de chão duro e de nuvens brancas e macias. Meus pés cansados das areias de meus desertos e das águas mornas de mares e rios mansos e loucos como esses caminhos que costumamos chamar de Vida. Ela passa rapidamente nos momentos dos prazeres e se demora demais durante o tédio e a solidão.

Da janela dos trens a vida corre veloz mas vagarosa num imperceptível toque de teus dedos nos meus, quase sorrateiramente.

Num mesmo instante da sensualidade do toque vem também uma grande lassidão, um desânimo de tudo... Cansaço de lágrimas preguiçosas. Assim recontam a Vida.

Tereza Cristina Rigo

Contei meus anos

E descobri que tenho
Muito mais passado
Do que futuro.
Meu tempo é escasso
Para preocupar-me com rótulos, mesquinharias e aparência,
Como sempre o que me importa é a Essência.
Minha alma tem pressa.

Piazzolla

O silêncio tem rumores marinhos
O eco perdido de passos num corredor longínquo
Desatinava mas amava
Amava o brilho do silêncio
Onde se enrolam as sombras das lembranças
Todas sentadas no sofá da sala.
Descobria o branco delirante do papel.
Minha escrita como o **voile** da cortina exigia solidões e desertos.
Profundezas espaços vitais
Onde só se permite o bater do relógio.
O branco do papel voraz
Atento à espera de nada
Da luz rápida de um relâmpago.
Oblivion rasga o silêncio como faca afiada
Expõe a beleza do som
No coração.

O tempo e o amor

Perdido
O tempo como uma faca limpa
Corta por dentro
Meu amor por ti.
Em duas metades iguais
Uma para o Antes
Outra para o Depois
Da despedida.

Vento, trem, neblina

Vento que lembra voo, que lembra Liberdade, que lembra viagem; que lembra Partida.

Trem que lembra viagem sem fim, que lembra voo, que lembra Chegada.

Neblina que lembra Mistério, que lembra voo, que lembra incerteza, que lembra passagem, que lembra Vida, que lembra viagem.

Partidas e Chegadas e no meio a Vida, que lembra o Incognoscível, o Incerto, o Inesperado.

O caminho não caminhado.

Tereza Cristina Rigo

Na estação

Acho que estou pronta.
Minha valise é pequena
Sentimentos não ocupam muito espaço.
A bagagem é pequena mas rica. Ou não.
Que de importante tem a vida?
As emoções que nos ensinam a viver.
Venho pisando devagarinho sobre as emoções que são profundas mas de sono leve.
É bom não acordá-las.
Um bocado de tristeza
Saudades de serpentinas
Felicidades que o tempo levou.
Risos fáceis de menina,
Lágrimas grossas, pesadas
Água limpa que não volta
Como não volta aquela antiga madrugada.
As esperanças que abrem janelas.
Janelas em que a gente debruça para sonhar sonhos de menina e contar estrelas.
Cada estrela cadente
Sonho que se vai.
Os desencantos compridos
O Amor mal acabado
Meio verdade, meio loucura
Essa é a vida: meio realidade, meio sonho, meio delírio.
Assim, meio verdade, meio
sonho.

Jequitibás

Aos vinte anos somos como árvores frondosas
Árvores de 2.000 mil anos
Fortes, hirtas, firmes...
E tudo em nós brilha
Como brilham as folhas e os galhos das árvores de 2.000 mil anos.
Protegemos, seguramos, confortamos...
Vento algum nos curva ou debruça.
Mas escondido e sorrateiro
Mora conosco um bicho voraz chamado Tempo.
E vai nos comendo pelas bordas, pela profundezas,
Com suas facas afiadas chamadas tristezas, amarguras, decepções, traição, pequenas doenças...
Moram no interior, no lado sombrio de nós.
Estranha abelha que dos mais doces cálices, só sabe extrair o fel e envenenar as raízes.
Somos agora árvores negras, enlutadas.
O Sol nos consome e não brilha.
À noite a Lua nos sobrevoa sombria.
Noite sem estrelas.
Onde estariam os sonhos roubados. Onde estão nossos vinte anos?
Sonhos sonhados com esmero, esperança e delicadezas.
Assim o Tempo nos mostra
Que a Vida tem a incoerência dos sonhos.

A minha Mãe

Tudo que se refere à Mãe me comove até à alma.

Faz tanto tempo que minha mãe partiu, mas sinto imensa saudade dela.

Saudade do aconchego, do colo, do abraço abrigo.

Saudade do cheiro, da presença, dos cuidados e dos carinhos.

Mãe, tenho saudade da tua voz, das tuas mãos, dos teus cabelos.

Mãe — adoração, respeito e doce de leite.

Partiste assim, sem adeus, sem ruídos; calmamente, como o último suspiro de pássaro que lentamente adormece.

Quanto a mim, me sinto órfã do mundo inteiro.

Você foi a pessoa que mais amei nessa vida.

Quisera encontrá-la do outro lado, com teus braços estendidos esperando o abraço, teu sorriso largo, teu ombro amigo. Nossos risos e nossas lágrimas.

Quero olhar no fundo de teus olhos e sentir teu amor incondicional.

Desalento

Hoje amanheci com uma saudade tão grande do útero de minha mãe, do colo de minha mãe, do abraço abrigo de minha mãe.

Hoje amanheci com uma saudade tão doída de minha mãe.

Colo de mãe... o melhor lugar do mundo.

A força das Artes

Quando ouvimos uma música que nos emociona, choramos de alegria ou de tristeza.
Quando vemos uma tela ou escultura, também choramos.
Quando lemos um livro, choramos de rir ou choramos de emoção.
Quando lemos um belo poema, vêm as lágrimas.
O Belo mexe com nossas emoções mais profundas.
A Arte nos comove até à alma.
Em minha opinião, principalmente a Literatura e a Música.
Ficamos comovidos demais, então choramos de alegria ou de tristeza.
Uma Poesia que nos arrepia a pele nos comove de um jeito que é impossível ficarmos impassíveis ou indiferentes.
As Artes, todas, têm o poder de nos arrebatar, comover, emocionar...
É um caldeirão onde a Vida vai mexendo todas as nossas emoções.

Como disse Nietzsche:
"A Arte existe para que a Realidade não nos Esmague".

Amor forte

Amor forte truculento.
Amor de carregar **container**, de puxar vagões.
Amor de cortar
correntes, de andar nas brasas, de mudar as cores do céu, de chorar oceanos,
Amor de pular princípios, precipícios e abismos.
Amor de rasgar o coração em mil pedaços, de lavar a alma, de ficar sem o ar.
Amor de olhar o mar e se atirar nele sem saber nadar.
Amor de mil rezas e mil credos.
Amor de enlouquecer, de negar tudo e de pedir tudo de volta.
Amor de pedir a morte e suplicar a Vida.
Amor enfim do Perdão.
Foi assim que te amei, meu amor.
Um amor desesperado!!!
Quando as palavras se calam e os silêncios falam, gritam, sussurram.
Foi querendo dar-te a Vida, dei-te a Morte.

Dilema

Uma folha em branco.
Uma folha em branco olhando para você.
Você com uma caneta na mão.
A folha em branco
Olha para você como se esperasse algo.
Uma flor, um beijo ou uma palavra.
Você olha para a folha em branco. O que ela quer é uma palavra.
Mas dizer o quê. Para quem?
De repente o branco da folha em branco pula para as suas retinas.
Aí o branco é geral, total, absoluto.
Dizer o quê? Para quem?
Se ninguém se importa muito, ou quase nada se você, por acaso, resolvesse escrever algo nessa folha em branco?
Suas percepções, seus sentimentos, suas alegrias e tristezas?
Quem se importaria com suas misérias, sonhos, sua solidão e seus desertos mais profundos?
A folha continuará em branco.
E sua caneta já não está mais em sua mão.

Clamores

Que estejamos presentes em memórias alheias.
Que alguém já distante lembre-se de nosso sorriso e se sinta acolhido.
Que o nosso bem faça bem ao outro.
Que sejamos a saudade batendo no peito de uma velha amizade.
Que sejamos o amor que alguém nunca esqueceu.
Que sejamos um alguém que sorriu na rua e o desconhecido encantou-se.
Que sejamos hoje e sempre uma coisa boa que mora dentro de cada um que passou pela nossa vida.

Janelas

Como sei das janelas
que se debruçam para
sonhar, para chorar,
para contar estrelas.
Como sei das janelas
que esperam, que espiam
nossas mazelas, nossas dores e solidões
Conhecem a vastidão de nossos desertos pois têm
a imensidão das perdas, das alegrias e tristezas.
Como sei das janelas
que se debruçam
para sentir o mundo
para ser mundo.
Onde não existem mais ilusões
não existem mais sonhos.
Que direito tem a Vida
de nos roubar os Sonhos?!!!

Poeminha da letra M

Mar
Amor
Morrer
M de Maria
M de Mãe
M de Amizade
Mar imensidão
Amor imensidão do ser
Morrer imensidão Maior
Passageira é a vida
Vida não tem M
Tem M de Alma
Alma também tem M de Eternamente.
Alma tem M de Sempre
Tem M de namorar.
Esse poeminha tem M de Poema.
Tem M de Mantra.

Tereza Cristina Rigo

Ah! As joaninhas!

Que bichinho mais bonitinho...
Cheio de pontinhos simetricamente colocados.
Pontinho por pontinho.
Acho que Deus estava muito sossegado cheio de esmeros e delicadeza, quando fez as joaninhas 🐞
Não era Deus, e sim um artista plástico de bem com a vida.

Guardei a poetisa que me habita, por anos e anos, a sete chaves. Por medo, por sempre exigir muito de mim, por baixa autoestima, por respeito. Talvez agora seja muito tarde mas ainda não é nunca. Agora está livre para voar. Agora faço questão de mostrá-la e dizer a mim mesma: Você é uma Poetisa nada banal e merece ser tratada assim por todos. Só falta agora alguém que a coloque num livro, para que seus versos sejam de quem queira lê-los.

Tereza Cristina Rigo

Desolação

Permitam que feche meus olhos, pois é muito longe
E é tão tarde...
Aquela noite escura
Vestida de luto
Na ansiedade febril
Pensava que era apenas demora, mas,
Já quase aos prantos
Pus-me a te esperar
Sim, parecia demora,
Mas já era Adeus.
Madrugada de horas dobradas.
Às três horas, eram sempre três horas naquele surdo silêncio.
O relógio da praça só batia três badaladas.
Me encolhi no sofá vermelho
Reclamei engolindo lágrimas.
Engolindo sangue do sofá vermelho.
Pedi ao meu coração que me confortasse, que me abrigasse, que me escondesse naquele sofá vermelho, do gelo da Solidão.
Sentia frio; só com meus temores e tremores interiores.
Quisera buscar-te, arrastar-te como algodão-doce.
Mas onde? Mas como?
Em minha confusão total, consegui ver doçura
Na luz bruxuleante da vela cansada.
As horas agora passavam ao largo e pude ver a origem divina da dor.
Mais um olhar nas janelas de minha alma,
Pedi que voltasse meu
rosto para um céu maior, mais forte.

E aprendesse a ser
Dócil no sonho,
Como as estrelas nos seus rumos.

Quando vejo a estátua de Drummond sentado naquele banco fico cismando: o que pensava quando ele mesmo se sentava ali? Gostava de ficar só, como eu. Sentia o barulho do mar, a brisa do mar e não ouvia o murmurinho das pessoas que passavam.

Eu já gosto da madrugada, do silêncio da madrugada só ouço o barulho do vento e da chuva, quando chove. E sinto uma paz tão grande porque todos estão dormindo. O silêncio. Ah! Como gosto do silêncio e ficar só. Dentro dele. Como no útero de mãe. A vida tem a incoerência dos sonhos. E quem sabe se realmente dormimos a sonhar e acabaremos por despertar um dia? Será a esse despertar que os religiosos chamam Deus? Há dias que o despertar vem implacavelmente, com segurança, sem restos de sono, sem preguiças.

Devo ter na alma um diamante ou uma rosa murcha. Às vezes uma labaredas, pois sinto nela a beleza inquietante e misteriosa das obras incompletas ou mutiladas.

Rouxinol

Pássaro valioso, pequenino com o canto mais belo da floresta.
Sabendo disso é arisco que só.
Miúdo e raro, vive se escondendo entre as folhas e só mostra seu canto quando se sente seguro.
Alma de rouxinol é a que tu tens.
A minha tem apenas o seu pranto de solidão
Às vezes no escuro da madrugada, penso que
tu és um sonho,
um rouxinol que passou e
se escondeu entre as flores de meu jardim interior.
Mas ainda tenho nas mãos o sangue de meu coração partido.
Lembrança como nuvem sufocante, da dor que deixaste em mim.
Antes do adeus; a felicidade dançava sua dança de roda e de rosas.
Ainda ouço teu riso frouxo, vejo tuas mãos brancas e esguias segurando as minhas.
Estavas lindo naquele lugar mágico, onde os rouxinóis não tinham medo do nosso amor forte.
Agora tem apenas um vaso de flor e de dor.

Tereza Cristina Rigo

Seria a Primavera?

Neblina menos densa.
Sol chegando mais cedo.
E no céu desbotado
Uma lua doente, frágil, franzina.
Transparência de plástico
O previsível perfume de flores.
A revoada agitada de passarinhos que voltam.
Vento que vira ventinho.
Sol poente com menos urgência,
A Natureza querendo se enfeitar novamente.
Por quê? Pra quem?
E as armadilhas da Vida?
O imponderável desgosto
do Adeus ?
Tantas ciladas anunciadas, previsíveis
A solidão veste Burca negra
É cega, muda e má.
Quanta coragem é preciso comprar.
Atravessar terreno minado,
Planta carnívora
Areia movediça
Amor!!! Pecado Capital!
Mas amor é bicho transgressor.
Teimoso, Valente, Sem Juízo
Se tivesse Juízo não seria Amor
Seria bancário.

Mas esse cheiro de flores...
Esse poente preguiçoso...
Essa brisa quentinha...

Drummondianamente falando "Botam a gente comovido como o Diabo".

Milênios

Sei que estou aqui há centenas de anos
Vivo em círculos crescentes
Alto no ar, sobre tudo
Giro há tanto tempo...
Não sei ainda o que sou:
Pétala, tempestade,
Falcão ou colibri.
Sei que não completarei
o último giro
Como um tango interrompido.
Mesmo assim irei tentar
Como uma pétala que se
Suicida lançando-se num
Abismo.

Pensamentos

O tempo da vida
não é o tempo do amor
porque o amor não tem horas
tem esperas
nem sempre o tempo do amor
é o tempo da delicadeza
demoras são as obscuras faces da ansiedade
e das tempestades interiores.

Tereza Cristina Rigo

Quereres

Quem me dera ser a luz e as cores
Que mergulham nos teus olhos claros
Quem me dera ser o ar que respiras fazendo teu coração bater mais forte por mim

Quem me dera ser o sangue que percorre teu corpo forte dando-te a vida por inteiro

Quem me dera ser tuas lembranças e os sonhos que povoam tua alma fina

Quem me dera ser a música e teu amor sereno quando repousas teu corpo cansado
Quem me dera ser a quietude que te invade o ser e te faz sonhar sem dormir

Meu tempo tornou-se escasso

Contei meus anos e descobri que tenho
Muito mais passado do que futuro
Meu tempo é escasso
Para preocupar-me com rótulos, mesquinharias e aparências

Como sempre o que me importa é a essência
Minha alma tem pressa

O fio de ouro e a aranha de ouro

A aranha brilha seu dourado ouro
E vai tecendo, nos passos do tempo,
Um fio de ouro bordado

O tempo que dura a tessitura
De um fio de ouro não pode parar ou voltar atrás
A aranha de ouro
Tiraria desse tempo um outro tempo,

Esse tempo é o tempo da luz do brilho e da vida
Que a aranha de ouro tece no tempo da Eternidade
Muito se enrola nas dificuldades
Mas o fio de ouro, mesmo enodoado

Muitas vezes quase quebrado continua a ser tecido diariamente
A aranha de ouro só para quando entidades e maravilhas mais brilhantes ordenam
Que comece novo fio
Para o fio descartado e frio
Vem uma ausência que povoa o céu e cobre de silêncio o mundo inteiro

A aranha de ouro continua tecendo
Fios de ouro para os deuses do Tempo
Porque é assim que tem que ser

Penso que minha vida valeu a pena não pelas felicidades passageiras mas sobretudo pelas lágrimas grossas quentes e salgadas como o mar, tantas vezes rolando pelo meu rosto. Lavaram os ranços, as bobas Mágoas e a própria dor de existir. Aprendi que não conta o que falaram ou falam de mim, mas o que me fez melhor como ser humano. A doce lembrança de um menino que como um anjo descia a rua com sua bicicleta e deixava minha adolescência feliz e calma.

O que sabia eu da vileza cruel e desumana dos Homens e suas terríveis guerras, ambições absurdas, crueldades e indiferença diante do sofrimento alheio, da fome, da destruição do planeta e sua impotente Natureza.

Hoje agradeço a Serenidade que me invade apesar de tê-la conseguido às custas de uma sofrida sensibilidade onde o sofrimento e a dor me percorreram até as entranhas de meu ser sensível de poeta.

Tereza Cristina Rigo

Terras estrangeiras

As pessoas vãs nada guardam
Das imagens e seus feitiços nada fica
Das viagens em desconhecidas terras.

Viram cores, ou viram cantos, pessoas, suas alegrias e seus dramas
Não os olharam com olhos de alma

Nos caminhos percorridos das gentes deles; de nada sabem
Voltam sós com seus espaços vazios
Mais vazios que os ventos

Andar não cala os tormentos
Os momentos novos seus incógnitos que precisava guardar

Coisas são apenas vistas como panos de loja
Nunca introjetadas
Momentos, segredos e sabedoria
que ficaram Perdidos.
Tudo foi em vão

E no céu nem lembram que passaram
Aves repentinas o olhar fixou-se apenas no supérfluo
A aparição de um sem fim dos horizontes
Nada trouxeram das viagens
Nada para seus espaços interiores

Nada de substancial fica nas retinas dos volúveis
Nem seus próprios rastros

Ventania

Ventos! Desagrada-me o vento
Vento bravio chamando tempestade
Assobia. Monstros que uivam ferozmente

Tudo desarruma, ventam em nossas almas
Arrancam nossas árvores e nossos ninhos de passarinhos
Destelham as casas enraivecem os mares
Agitam as poeiras, as areias, as terras
São como bombas numa guerra desigual

Vento bom é o que vem mansamente
Depois de uma tarde escaldante de verão
Deixa o azul do céu mais
Que demais Azul,

Certo dia, fechando as janelas
Deparei-me com uma cena inebriante
O vento brincava e dançava consigo mesmo
Numa espiral, rodando sem tocar o chão

O redemoinho encantador catava as folhas secas e papéis velhos
E com eles girava no ar lembrava uma bailarina clássica
Não tocava o chão, nem o céu.
Somente sua
Sua suave Liberdade!

"Ninguém aprendeu as rezas da minha avó
Contra Raios Tempestades Ventanias e Venenos"

Amor madurado

Vou te amar por todos os caminhos e veredas de minha vida
Vou te amar por todos os sóis que nos chicoteiam a pele
Por todas as noites estreladas onde brotam as luas e todas as luzes
Luar das noites transparentes
Mesmo que não haja mais sol, nem lua e
Só ouçamos o arrebentar distante das ondas
De um mar que morre
Ainda assim eu sei que vou te amar

Vou te amar junto ao fogo de uma lareira imaginária,
Quando sonharemos os mesmos sonhos
Nossos cabelos estarão branquinhos de neve
Nuvens enfileiradas no céu de um outono lilás

Vou te amar quando as rugas marcarem nossos rostos
E com voz miúda dissermos um para o outro:
Eu te amo.

Verão de 88

Naquele tempo verão, era verão.
Tardes muito quentes
Depois chovia forte
O tempo ficava limpo
O ar refrescava

O azul do céu era ainda
Mais lindo com bandos de nuvens
Matizadas, ora amareladas, avermelhadas,
Alaranjadas e o sol começava a se pôr

Pássaros loucos gritavam por seus ninhos
A brisa suave vinha com eles
Finalmente aquietavam-se

Você vinha à tardinha
De seu antigo endereço
Para o meu antigo endereço
Exatamente três quarteirões um do outro

Eu só esperando o coração aflito
Cheio de sonhos e esperas
Acho que era de felicidade...
Faz tanto tempo...

Éramos tão jovens, saudáveis e lindos.
Tantos anos juntos, juntinhos

Tereza Cristina Rigo

De repente você partiu
Para nunca mais

Morri muito, doeu muito
Sem chão, sem céu.
Voltei para que um dia
Eu acabe de morrer aqui.
Na minha terra.

Nunca mais nos vimos
Nunca é um tempo esticado demais.

A torre

Torre alta pontiaguda e só.
Torre gótica
Imitando velhas igrejas de longínquos lugares
Do outro lado do mundo
Gentes Estrangeiras. Distâncias!
A prata nela morava e morria nas tardes quentes claras.
O sol se reflete repete
E toda se faz luzir no
Silêncio das alturas
Cone aceso que vai se apagando quando o dia começa a morrer
Grande estampa prateada
Gritando que ali é casa de orações.
Bela e leve como deveriam
Ser as gentes que lá vão para rezar.
A Torre busca o azul do céu até onde pode alcançar.
À noite reflete as estrelas despencadas
Lume prateado de farol imponente
Que vigia o perfume das flores e a hipocrisia dos homens
E o fogo das velas.
Dentro de si, sempre escutando pecados repetidos mil vezes perdoados
Sabendo ou não que só se perdoa uma única vez.

"Ide! E não tornes a pecar"
[Jesus].

Confissão de um poeta louco

Poeta louco
Suicidar-se-ia, se morresse dentro de si o sentimento do amor que sempre o habitou

Martirizava-o o furor eterno de suas vísceras expostas
Não suportaria o vazio de calmas planícies
Horizontes planos avessos desbotados longe dos perigosos abismos que
Povoam seus interiores

Os abismos pontiagudos do amor suas magias e venenos
Vício perverso; seu companheiro
De noites brancas dias nevoentos... companhia que dava sentido a sua vida
De andarilho poeira e pó na terra estéril do caminho.

Seus fundões seus desvãos de alma acostumada a lançar-se em mares revoltos tempestuosos
Apesar da dor, o amor antigo era sua companhia
Povoada apenas de solidão e ausência de abraços

As águas de seus olhos cansados tremulavam ante a possibilidade de ser comum
Seus olhos e pernas não ficariam sem a corrida louca das noites enlutadas
Véus de tules negros Sombras distorcidas

Tem a tatuagem em seu peito marcada

Há os que morrem de amor, mas há também os que morrem com a falta dele

Presença que todos os dias traz um prato recheado de desassossego ansiedades e lembranças

Que avidamente devora

Como dizia Nietzsche: "... quem dera que minha Lucidez caminhasse ao lado da minha Loucura".

Quintais da infância

Na minha casa antiga, a cozinha grande dava para um quintal cimentado onde minha mãe quarava as roupas, a maioria era branca e se parecia com um vasto canteiro de neve.

Do lado direito, perto do tanque havia uma escada também de cimento que levava para o quintal de cima. Era de terra cuidada. Lá ela plantava verduras e legumes, temperos de toda sorte, dois mamoeiros e o chuchuzeiro que era seu xodó. Um limoeiro e um pé de romã.

Nos fundos esse quintal era cercado por arames e um portãozinho. Era o galinheiro com suas lindas galinhas e um galo mais lindo ainda. Eram bravos. Somente meus pais podiam entrar à tardezinha para pegar os ovos. Tudo isso fazia a melhor comida desse mundo, com banha de porquinhos caipiras e num fogão à lenha.

À noite costumava sentar naquela escada ouvindo os grilos, as cigarras e os vaga-lumes voando com suas pequenas luzes verdes acesas. Ficava horas naquela escuridão, olhando o céu belíssimo, cravejado de brilhantes.

Tanto céu azul-marinho, tantas estrelas e galáxias que gostaria de tocá-las. Pegar o céu e engolir suas estrelas.

Coisas que amei e, se as chamasse, regressariam como por encanto para o tamanho do amor que lhes tinha.

Benditos sejam os que chegam em nossa vida em silêncio, com passos leves para não acordar nossas dores, não despertar nossos fantasmas, não ressuscitar nossos medos. Benditos sejam os que se dirigem a nós com leveza, com gentileza, falando o idioma da paz pra não assustar nossa alma. Benditos sejam os que tocam nosso coração com carinho. Nos olham com respeito e nos aceitam inteiros com todos nossos erros e imperfeições. Benditos sejam os que podendo ser qualquer coisa em nossa vida escolhem ser doação. Benditos sejam esses seres iluminados que nos chegam como anjo, como flor ou passarinho, que dão asas aos nossos sonhos e tendo a liberdade de ir escolhem ficar e ser ninho. Benditos sejam os amigos.

... E um dia você percebe, que as amigas estão indo embora. Que o vento não é o mesmo que o da infância. Que nos emocionamos com outras coisas, onde a lágrima vira olhar. Que os amores morrem, que os invernos pesam mais que as primaveras. Que sempre voltamos ao ninho, e que as palavras perdem um pouco de irreverência. Que há abraços que curam, e distâncias que quebram. Que as feridas raramente fecham, e que a chuva também encanta. Que a nossa história tem outro lado, aquela que não olhamos. Que as pessoas morrem, mas não percebemos até acontecer. Que o tempo passa e não volta, que viajar faz parte do caminho. Que sua melhor música sempre será a mesma porque ambas se escolheram. Que existem erros que salvam, porque nós aprendemos. Que nunca mais seremos crianças, e que sonhar não é proibido.

E um dia você percebe que não está ficando velha, está mais viva do que antes.

Lua vermelha

No azulejo escuro do céu
Vem surgindo uma grande Lua
Pintada de vermelho
Muitos pontos marcando
O Palácio dos deuses
Noite escura cheia de medos
Sinais vários misteriosos
Mau presságio
Sinais de guerras, fome e seca.
A natureza se esconde entre folhagens
E no sussurro de águas paradas.
Só o vento quente começa
Seus círculos sombrios
Um a um entrando
Num alvoroço silencioso.

Tereza Cristina Rigo

O mar

Uma lembrança festiva e
Forte
Vem até minhas retinas
De quando vi o mar pela primeira vez.
Um encantamento mágico beirando o divino e o grandioso
O barulho ritmado e constante das ondas se quebrando
Arrastando-se pelos rochedos e pelas areias...
Aquela imensidão de espuma branca
Vinda de um horizonte infinito
Todo bordado de rendas brancas
De sal fervente a espraiar-se
E correr de volta
Vontade de abraçar
Parada, pregada na areia
Que engolia os pés,
A cabeça rodava e rolava
Abraçar o mar que refletia
O azul do céu.
Emoção jamais esquecida em que me perdia naquela
Perfeição absoluta da natureza.
Todas as divindades encantadas
Luminosas divindades
Saíam de suas profundezas
Num mesmo ritmo constante de encantamento
E magia.
Flores do mar, imagens do mar. Eternamente.

Asas da esperança

Quero asas de borboletas
Frágeis franzinas
Que beijam as flores com reverência e delicadeza.
Quero asas de passarinhos
Lépidos alegres e leves
Sempre em bandos a voarem aos gritos
Quero asas de gaivotas
Sempre circundando os mares
Caras doces de bicho manso
Voando perto dos barcos
Quero as asas coloridas festivas
Das araras fiéis até a morte
Sempre aos pares
Quero as poderosas asas dos condores
A planar no céu mais alto
De ares rarefeitos
Numa rede imóvel tecida de
Fios de nuvens brancas.
Quero asas que me libertem
Desse corpo pesado e dolorido
Que não é mais que dores
Apodrecida e cansadas.
"Amamos as pessoas que se parecem com o céu, onde podemos voar nossas
Fantasias como se fossem
Pipas..." Rubem Alves.

Por isso quero as asas dos anjos que só tem a busca
Da luz e da leveza divinas
Grandes asas plenas de amor e paz; o colo que nos
Acolhe, o silêncio que nos ouve.
Asas dos Anjos que nos levam para nunca mais
Voltarmos.

E assim, contam e recontam a vida

Ela passa
Nas muitas lutas cotidianas
Fora de nós
Dentro de nós
Nas buscas mancas
Pela felicidade.
Cetins negros cerzidos
Com alfinetes
Minúsculos alfinetes fatais
Furando a alma dentes e olhos
Nas penumbras impassíveis
Das noites frias
Nas fumaças dos lagos
Vejo tua silhueta se afastando
Contorno de sombra projetada
Forma vaga pela saudade demorada
Recortes de um perfil
Muito mais que amado.
Mas o tempo volta nos passos das lembranças
"... nos corpos juntos na lareira
Na reticente primavera
No insistente perfume
De alguma coisa chamada
AMOR."

Um lugar

Nunca mais!
Lugar repuxado
Esticado, já frouxo
Lugar nem visto mais
Pois é tão longe
E já é tão tarde...
Lugar só lembrado
Esquecido trancado numa memória teimosa turva manchada...
A fresta de uma cortina velha
Abre-se com o vento e
Na fenda que deixa
A trêmula água salgada
A escorrer, escorrer, escorrer
Do mar dos olhos.
Borrões de um sangue
Que só seca
A lágrima e o borrão
Figura esmaecida a desvanecer-se
Cor enfraquecida que cai como punhado de
Pétalas desbotadas.
E tinha tanta cor...
Forte, vibrante como o Amor.

A doce amargura da palavra Amor

Teu rosto estampado
Numa tarde azul
Não mais ouvirei teu riso
Solto escandaloso e largo
Morto de rir
Nunca mais os teus passos
Leves
Nos meus ouvidos pisarão
Por onde estarão
A correr de mim.
Muito longe, escondidas
Nas brumas de minha Saudade ficaram tuas mãos
e tua voz.
Teu cheiro pela casa vazia
Tua boca de carne crua
Olhos grandes de indefinidas cores.
Meus sonhos envelheceram
Apartados dos teus
A inexorabilidade dos andares do tempo
A distância que me apodreceu.
O último olhar; o fim.

Vingança

Meus poemas guardados a sete chaves
Desde meus dezessete anos, finalmente ganharam a liberdade na minha velhice.
Agora como loucos crianças presas não sabem o que fazer.
Se vingam com tantas palavras
E talvez nunca mais deixarão minhas mãos vazias.
Livres passarinhos
Sentam-se como fantasmas
Um ao lado do outro num fio imaginário
E espreitam-me
Agora olham com tristeza
Minhas mãos anciãs.